Collection folio cadet

Adaptation française de Claude Lauriot Prévost

Supplément réalisé avec la collaboration
de Dominique Boutel et Anne Panzani

ISBN 2-07-059214-6
Titre original : *Spooks*
Edition originale publiée par
Granada Publishing Ltd, Londres, 1983
Edition au format de poche publiée
pour la première fois par
HarperCollins Publishers Ltd, Londres, 1995

Numéro d'édition : 73567
Loi n°49-956 du 16 juillet 1949 sur les publications
destinées à la jeunesse
Dépôt légal : Mai 1996
Imprimé à Hong-Kong

Les Fantômes

Colin et Jacqui Hawkins

avec les conseils avisés
d'un revenant de Première Classe
médaillé des Lettres et des Arts
de l'Université de Ghosttown

GALLIMARD JEUNESSE

Les Fantômes

sont juste
comme vous
et moi
sauf que…

tantôt
on les voit...
et tantôt
on ne
les voit plus...

Les fripes fantômes

Les fantômes apparaissent le plus souvent drapés dans de larges linceuls blancs. On dit alors qu'ils se matérialisent.

Mais si c'est là leur aspect le plus habituel, ils peuvent surgir sous des déguisements extrêmement divers que vous pourrez voir... ou ne pas voir. Telle est la question.

Quand plusieurs fantômes se réunissent, ils forment ce que l'on appelle un « jacassement ».

Revenant sans tête
& Revenant sans corps
j'ai les os qui craquent...

Fantômos

Les fantômes invisibles font sentir leur présence en hurlant, en provoquant des courants d'air ou en vous donnant la chair de poule.

Les nuages sont souvent des revenants sans corps ni tête

Le Gotha des Goules

Les fantômes ne changent jamais. Quand ils reviennent de l'au-delà pour hanter les demeures des vivants, ils reprennent toujours l'apparence qui était la leur lorsqu'ils étaient parmi nous. Accompagné de son célèbre « haggi » (sorte de ballon ovale), le fantôme écossais souffle dans son horrible cornemuse tout en dansant sur les créneaux du château de ses ancêtres.

Cassandre

Une misérable qui n'annonce que des catastrophes

Revenant Ecossais

(particulièrement actif pendant le tournoi des cinq spectres)

Le Fantôme de l'opéra

Au Palais de Versailles,
le fantôme de Marie-Antoinette
offre sans fin aux pauvres
touristes les gâteaux qu'elle a cuits
lorsqu'elle était boulangère
accompagnée du boulanger
et du petit mitron.

Revenants vikings

toujours ensemble
après des siècles
de pillages
et de ripailles.

Apparitions Animales

Les araignées elles-mêmes sont souvent des revenants

Un vieux chien de mer

Les marins prétendent qu'au milieu des plus terribles tempêtes le seul bruit qu'ils entendent est le martellement du pilon du vieux chien de mer qui va boire sa pinte de bière dans une taverne du port.

un demi bien mêlé...

Les chats peuvent à la fois
voir les fantômes
et être des fantômes...

Une caresse fantôme

Attention aux ours

Espèce rare
d'ours monocycliste
hantant les pistes
de quelques cirques errants

Même les chiens ont peur des corbeaux posés sur leur nez

Spectre sinistre
d'un vieux corbeau
gardant un vieux trésor.

Un Fameux fantôme

le Hollandais Volant dans son vaisseau fantôme

Condamné à naviguer
pour toujours sur
les Sept Mers,
le Hollandais
Volant apporte
la mort et la désolation
à tous ceux qui ont
le malheur d'être
les témoins de ses méfaits...
AUSSI, NE REGARDEZ
SURTOUT PAS
CETTE PAGE !
Nul ne sait ce
qu'il pourrait
alors vous arriver...

Un autre fameux fantôme

Le cochon
ou
La vie

ou
du sucre
en morceaux !

Les sabots
des chevaux fantômes
sont souvent dans
des sacs

Un autre fantôme renommé, Dick Turpin, monté sur sa fameuse jument Black Bess, s'intéresse tout spécialement à ceux qui font traverser leur troupeau de cochons dans les passages cloutés.

Voici le Romain le plus abandonné des hommes : il recherche sa légion sans succès depuis près de 2 000 ans !

Repérer les fantômes

Une lumière tamisée, un courant d'air glacé qui passe sous une porte fermée, un bruit de pas derrière soi, plus près, plus près, plus près, le chien qui gémit, la poignée de porte qui tourne et... vous croyez avoir vu un fantôme. Ne vous y fiez pas. Ce n'est pas si simple. Les revenants ne sont pas fous ! Il faut être très adroit pour observer les créatures de l'au-delà !

Un guide des villes fantômes (avec supplément zombie)

Beaucoup d'entre eux sont snobs, aussi ne comptez pas les trouver dans ces endroits qui se disent à la mode et où les gens s'agitent pour ne rien dire. Non. Fréquentez plutôt les endroits discrètement chics, les vieux hôtels chargés d'histoire, les demeures un peu mystérieuses.

Une photo d'un revenant célèbre

La chasse aux Fantômes

Êtes-vous courageux ? Pouvez-vous vous asseoir dans une crypte froide et sombre, grouillante d'araignées, pleine de choses gluantes qui glissent sur le sol et de spectres horribles qui gémissent et grognent, tirant sur leurs chaînes et vous frottant le dos ? Si oui, la chasse aux fantômes est pour vous. Mais outre vos tripes et vos nerfs, vous devrez vous munir d'un cochon ou d'un chat et de quelques accessoires indispensables.

Cochons et chats peuvent ensemble voir et photographier les fantômes
Le petit cochon va sortir !
Il est préférable de se servir d'un vieil appareil
Le petit haton a sortir
Regardez l'araignée
regardez-moi !
regardez-moi !
je suis grande !

Quoiqu'étant snobinards, les fantômes ont tendance à garder leurs anciennes habitudes et ils se souviennent toujours des endroits où ils aimaient particulièrement se tenir de leur vivant. C'est pourquoi, lorsque, au cours des siècles, le niveau du sol s'est élevé, on peut observer un phénomène spécial : le fantôme apode (ou sans pied).

Ils portent souvent leur tête sous le bras pour ne pas se cogner aux plafonds.

Souvenez-vous :
les fantômes ne font rien à moitié.

Les boulets qui traînent sont une gêne permanente

L'habit fait le fantôme

De nombreux moines, nonnes et chanoines se transforment en fantômes. Notez que cela n'a rien d'anormal : ils sont habitués à la fréquentation des esprits dès leur plus jeune âge ! Visitez donc les cloîtres et les couvents, les chapitres et les cures. Ces fantômes-là portent de larges robes de bure, analogues à celles qu'ils avaient lorsqu'ils étaient sur terre. Écoutez les chants tremblotants qui s'élèvent des lieux glacés où ils se tiennent. Ils racontent leurs mésaventures !

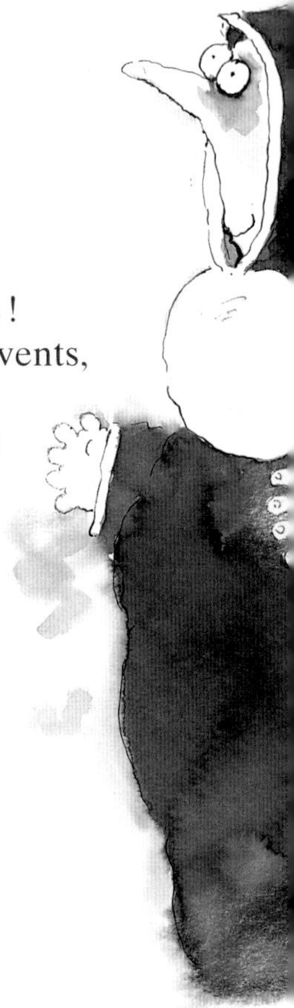

Mère supérieure (flotte en l'air plus haut que les autres soeurs)

Un couple de Saints-Spectres

La course à la Mort

Vous vous promenez seul le long d'une route de campagne. Il fait sombre. Le silence est pesant. Seules bruissent les feuilles des marronniers tandis que les poires blettes s'écrasent avec un bruit mat sur la chaussée. Quand tout à coup vous entendez le tonnerre des sabots, le claquement discordant d'un attelage, le couinement des roues d'un carrosse. Serait-ce le dernier bus ?

Transi et fatigué, vous préparez votre monnaie, mais NE CONFIEZ PAS votre argent à la main glacée du conducteur, car nul ne revient d'un voyage entrepris dans une voiture conduite par un cocher sans tête !

je préférerais attraper un autobus!

Destination terreur

« Il y a toujours une place
dans une chaise fantôme »

un passage
tous les 100.000 ans

Il n'a que son pantalon sur les os

(Le guide rouge sang du pays des ombres)

Grom'ma
Grom'pa
Alida
Vapeur et terreur

La Famille Lémure

Les fantômes détestent voyager. Ils hantent toujours les lieux où ils ont vécu. Les Lémure sont typiques. S'ils n'ont aucune envie de perturber l'existence des charmantes personnes qui vivent maintenant sous leur toit, de temps en temps, l'un d'entre eux se glisse subrepticement dans un placard ou derrière un rideau pour les observer, tout simplement. Pas de hurlements, pas de larmes, pas de terreur ! Si les vivants savaient combien sont inoffensifs ces chers fantômes !

Tout d'abord il y a Louis Ernest Georges Lémure, appelé familièrement Grom'pa, un ancien directeur de collège qui n'est plus maintenant que l'ombre de lui-même. Puis sa femme, Louise Ernestine Georgette Lémure, dite Grom'ma, dont l'affection pour les esprits est célèbre, leur fils, Odilon le Revenant et leur fille, Alida la Pleureuse, sans oublier les deux épouvantables jumelles surnommées, on ne sait pourquoi, Flotte et Glotte et accompagnées de Vapeur et Terreur, leurs animaux favoris.

Grom'pa et Grom'ma apprennent à leurs enfants comment hanter sans blesser, mais Odilon et Alida ne peuvent résister à se glisser d'un coup sous leurs draps pour effrayer le plus possible le voisinage.

Et il faut dire que c'est difficile de les garder à la maison la nuit ! Quant aux animaux, chacun sait que leur plus grand plaisir est d'apparaître soudainement à des endroits inattendus et de pétrifier ainsi la population.

Les fantômes apprennent très jeunes à léviter, et ce qui les amuse le plus, c'est de transformer tout ce qui les entoure en OVI (objets volants identifiés). Les OVI qui traversent la salle à manger comme des frisbees sont généralement lancés par de jeunes revenants mal élevés. Les Lémure, bien entendu, interdisent formellement de telles pratiques à leurs enfants.

Un régime de l'au-delà

Le soir,
quand les vraies
familles
sont allées
se coucher,
les Lémure
matérialisent
leur petit déjeuner.
Ils ont besoin
de prendre
des forces
pour continuer
à hanter.
A l'image
des fantômes
eux-mêmes,
la nourriture-fantôme
n'a pas de consistance
et se moque éperdument
des lois de la gravité.

C'est la même chose
pour les meubles que
les enfants font
valser à leur gré.

“Qui dîne ne hante pas!”
(vieux proverbe fantôme)

chut !!

Le travail Fantôme

Minuit. C'est l'heure de se mettre au travail. Il y a toujours quelque lieu à hanter, et Monsieur Lémure a trop de conscience professionnelle pour ne pas s'y rendre. Aidé de Vapeur, il règle à sa façon toutes les pendules, horloges, réveils, montres qu'il rencontre : toutes à minuit juste !

Au délice des chiens

Un fantôme sachant hanter
ne doit pas hanter
sans son chien.

Chut !! Le silence est essentiel pour hanter avec succès.

Odilon et Alida suivent leur père dans cette partie de plaisir diabolique. Ils poussent d'étranges hurlements et éclatent d'un rire démoniaque, mais sans pour autant trop effrayer les vivants.

« Alida ne peut même pas faire peur à une fée, Pa ! »

« Ils manquent encore de technique », dit leur oncle, l'épouvantable fantôme Fingal. « Je me demande s'ils ont vraiment de l'avenir dans la profession ! »

« Odilon ne peut même pas effrayer un épouvantail, Pa ! »

Ha! Ha!
Il est bien
attrapé!

Traits d'esprits

Odilon et Alida passent toutes leurs nuits à essayer de terroriser leurs voisins. Ils tirent les sonnettes, cognent aux fenêtres, renversent les poubelles. Mais ils n'arrivent jamais à rien. Les gens sont tellement habitués à ce vacarme, que ce n'est pas un choc de plus ou de moins qui les impressionne !

Plus rien ne les étonne. Même les chiens et les chats qui pensent en leur for intérieur que ces jeunes goules feraient bien de retourner à l'école pour apprendre quelques bons trucs de leurs aînés.

C'est encore cet idiot de chat !
Hou !
Miaou !

Une nuit d'épouvante

Lorsque son mari est parti à son travail de revenant, Grom'ma, restée à la maison, remplit son rôle de fantôme domestique. Les doigts légers, elle improvise une gigue sur le grand piano du salon tandis que dansent aspirateur, balai et chiffon à poussière. Le ménage se fait ainsi en moins de temps qu'il n'en faut pour secouer un linceul.

Chanson hantée

écoute, écoute, écoute au fond de la nuit,
tous ces chiens qui hurlent et tous ces chats qui crient
ces poubelles qui volent, ces portes qui font du bruit,
ces escaliers qui grincent, ces robinets qui fuient,
écoute, écoute, les fantômes sont ici...

La Pause-Cimetière

Quant à Grom'ma, elle est fantôme avec panache, elle est revenante avec superbe ! Pendant ce temps, Grom'pa travaille ferme. Il n'oublie pas cependant la pause-cimetière qui lui permet, tout en reprenant quelque force, de retrouver de vieux amis qu'il avait connus dans le temps, au 3e Hussards de la Mort ou à l'ESF (École Supérieure des Fantômes).

La scène se passe dans un cimetière campagnard.

gladys la goule
Sibylle
la Sylphe
A votre santé!
A la tienne!

La Veillée

Quand Grom'pa, au petit matin, rentre à la maison, il commence par embrasser Grom'ma avant de rabrouer Odilon et Alida qui ont, encore une fois, joué les fantômes-buissonniers. S'ils continuent à manquer leurs cours, jamais ils ne pourront faire face à leurs futures responsabilités de revenants. Il rappelle ensuite à Flotte et Glotte qu'elles ne doivent pas disparaître sans autorisation et reproche à Vapeur et Terreur de lui avoir fait horriblement peur à la sortie du cimetière.

Il est encore saoul !
Kir-goule à l'heure de la veillée

Ceci fait, il mange son dîner avant de commencer la veillée et de raconter les histoires de « quand il était petit », Ali Baba et les quarante Goules, Vingt Mille Lieues sous les spectres, Le Dernier des Revenants. Mais celui qu'il préfère entre tous, c'est...

Le joueur de flûte de Fantômeville

qui fait danser ses rats sur
les boulevards périphériques
pour toujours
pour toujours
pour toujours

Quand Grom'pa a fini ses histoires, il est temps pour les Lémure d'aller se coucher. Ils disent tous ensemble leurs prières pour les vivants et disparaissent. Ils dorment généralement dans un coffre en fer bien cadenassé.

Si vous en trouvez un dans votre grenier, un conseil, N'Y TOUCHEZ PAS c'est peut-etre la chambre à coucher d'un fantôme !

Bonne nuit

Fin

les petits

Ha Ha Ha Ha Ha !!!

Jacqui et **Colin Hawkins** ont publié depuis 1981 plus de cinquante ouvrages, presque tous traduits en français. Folio Cadet a publié trois de leurs grands succès : *Les Fantômes*, *Les Pirates*, *Les Sorcières*.
Jacqui et Colin habitent en Angleterrc.
Ils écrivent et illustrent ensemble tous leurs livres. Ils pensent que le travail est ainsi plus facile et beaucoup plus drôle.
C'est une merveilleuse association qui permet de vendre chaque année plus de quatre cent mille exemplaires à travers le monde, de la Finlande au Japon.
Jacqui et Colin Hawkins ont deux enfants, Pinbar et Sally, et un chien, Max.
Pinbar et Sally écrivent et dessinent remarquablement, Max a encore quelques progrès à faire.

Les fantômes

Supplément illustré

Test

Tout le monde le sait, tu es un fantôme. Mais des fantômes, comme tu l'as lu, il y en a de toutes sortes. Pour savoir à quel genre tu appartiens, choisis une réponse pour chaque affirmation puis cours vite hanter la page des réponses.

(Réponses page 78)

1 Tu coules une éternité heureuse :

▲ dans une grande demeure d'Écosse

● sur un navire

■ dans une sombre forêt

2 Tu préfères apparaître :

▲ recouvert d'un grand drap blanc

● absolument invisible

■ sanglant et traînant de lourdes chaînes ! ! !

3 La nuit, tu aimes :

● rendre de menus services à la population

■ glacer de terreur les pauvres créatures qui te croisent par malchance

▲ te mettre à la fenêtre et pousser de grands cris : ça soulage !

4 Tu ris quand on te raconte :

▲ des histoires de fantômes
■ des récits de meurtres
● des histoires drôles

5 Tu erres toutes les nuits parce que :

■ tu as commis des choses affreuses de ton vivant
● parce que tu veilles sur ceux que tu aimes
▲ parce que tu as dû te tromper de route

6 Tes meilleurs amis sont :

■ les vampires et les goules
▲ les farfadets
● les fées et les elfes

7 Un être vivant s'est perdu sur ton territoire :

■ tu te débrouilles pour qu'il prenne le chemin du cachot et tu l'y enfermes
▲ sans l'effrayer, tu le guides vers le bon chemin
● tu lui fais de petites farces : ça le détendra sûrement

8 La meilleure farce d'un fantôme consiste à :

● chatouiller les pieds des dormeurs
■ faire entendre des bruits de chaînes
▲ se cacher dans les placards

Informations

■ De « vraies » histoires de fantômes

Croire ou ne pas croire aux fantômes, telle n'est pas la question lorsqu'on aime les histoires. Et les histoires de fantômes, il en existe depuis toujours. A commencer par celles que racontaient les Grecs et les Romains.

■ Fantômes antiques

Dans *l'Odyssée*, Homère fait rencontrer à son héros, Ulysse, les fantômes des morts qui peuplent les Enfers. Mais ces pauvres créatures font bien piètre figure ! Il ne leur viendrait pas à l'esprit d'effrayer Ulysse, ils sont trop misérables ! Le grand héros Achille, devenu un pâle fantôme, lui avoue même qu'il préférerait être l'esclave d'un pauvre homme que le prince des morts !

L'une des plus anciennes histoires « vraies » de fantôme est celle d'Athénodore, que raconte Pline le Jeune, un siècle avant Jésus-Christ. Il y avait à Athènes une grande et belle demeure dans laquelle retentissait souvent, au plus profond de la nuit, un horrible cliquetis de chaînes, jusqu'à ce qu'un hideux vieillard apparaisse. Évidemment, cette maison était difficile à louer, même à bas prix. Le philosophe Athénodore qui, comme nombre de philosophes, était à court d'argent, décida de s'y installer en dépit de la menace. Dès le premier soir, il se mit au travail, tard dans la nuit, et choisit une question difficile à résoudre, pour s'obliger à beaucoup de concentration. Ainsi, pensa-t-il, rien ne pourrait venir le tourmenter. Mais un énorme bruit de chaînes le tira soudain de ses réflexions et, en levant les yeux, il vit un vieillard qui lui faisait signe de le suivre. D'un geste il l'écarta, en lui montrant qu'il avait du travail. Mais le fantôme insista et Athénodore le suivit dans le jardin, où le fantôme lui montra un buisson. Le lendemain, Athénodore fit creuser à l'endroit

désigné, et il découvrit un squelette enchaîné. Une fois que les restes furent convenablement ensevelis, on n'entendit plus jamais parler du fantôme.

■ Fantômes de tous pays

Ceux qui détiennent le record en matière de fantômes sont les Anglais et les Écossais, mais on trouve aussi quelques histoires bien terrifiantes en France, en Belgique, aux Pays-Bas ou en Amérique.

Le Hollandais volant : son histoire a tellement marqué les esprits qu'on en a fait une pièce de théâtre, un opéra et un film ! Un vaisseau contourne le cap de Bonne-Espérance et affronte une terrible tempête. A son bord, l'équipage supplie le capitaine de mouiller dans une crique abritée. Le capitaine ne veut rien entendre, prétend qu'il n'a peur de rien et met même Dieu au défi de couler son navire. Au plus fort de la tempête, une forme lumineuse apparaît sur le pont. Le capitaine tire, mais le pistolet explose dans ses mains. Il est alors condamné à naviguer éternellement, sans répit, et tous ceux qui le verront n'auront que des malheurs.

Dick le couard chez les morts : c'est l'histoire de Dick Canonbie qui, pour fuir, se réfugie à Lucken Hare, un endroit connu comme le fief d'un puissant magicien. Dick y rencontre un vieillard qui veut lui acheter des chevaux. Chatouillé par la curiosité, Dick obtient enfin du vieillard qu'il lui montre l'endroit où il habite. C'est une profonde caverne dans laquelle gisent des chevaliers en armure accompagnés de leur cheval. Sur une table, une épée et un cor de chasse. Pour lui faire payer son imprudence à s'aventurer dans le monde des morts, le magicien oblige Dick à choisir entre les deux objets. Dick pense que les chevaliers ne seraient sûrement pas contents de le découvrir une épée à la main, aussi préfère-t-il les réveiller d'abord en jouant du cor. Mais c'est là le mauvais choix, car : « Malheur au couard qui jamais naquit ; qui ne tira point l'épée avant du cor sonner. »
La fin de Dick n'est pas très glorieuse !

Jeux

■ Qui hante cette page?

Pour le savoir, réponds aux questions. Chacune de tes réponses correspond à un chiffre. Relie ceux que tu as choisis dans l'ordre et tu verras apparaître… Au secours !

(Réponses page 79)

A. Lorsque les fantômes apparaissent, on dit :

1. qu'ils se matérialisent

2. qu'ils se réalisent

B. Le drap qui les recouvre est :

3. une nappe de brouillard

4. un linceul

C. Plusieurs fantômes ensemble forment :

5. un jacassement

6. un bataillon

D. Quand ils reviennent, les fantômes prennent l'apparence :

7. qui leur plaît

8. qu'ils avaient de leur vivant

E. Le Hollandais volant était :

9. un célèbre aviateur

10. un gros navire

F. Le fantôme Dick Turpin :

11. se promène en carrosse

12. est monté sur sa jument Black Bess

G. Une ville fantôme est une ville :

13. déserte

14. peuplée d'esprits

H. Louis Ernest Georges Lémure était autrefois :

15. directeur de collège

16. horloger

I. Vapeur et Terreur sont :

17. les deux enfants Lemure

18. deux animaux domestiques fantômes

J. Gladys la Goule est :

19. la tante de Glotte et Flotte

20. une amie de Grom'pa

K. Les fantômes commencent à travailler à :

21. midi

22. minuit

L. La chanson préférée de Grom'pa est :

23. Vingt mille lieues sous les spectres

24. Le joueur de flûte de Fantômeville

M. La famille Lemure dort dans :

25. un coffre en fer

26. une lampe à huile

■ Chassé-croisé de fantômes

Vous avez dit fantômes ? C'est tout ? Sais-tu qu' il existe plusieurs façons de les nommer ? Remplis la grille (de château hanté, bien sûr) ci-contre en t'aidant des définitions qui suivent. Puis en remettant dans l'ordre les lettres qui figurent dans les cases colorées, tu verras apparaître le nom vraiment savant sous lequel on les désigne.

(Réponses page 79)

1. Ça compte deux fois
2. Lucky Luke tire plus vite que la sienne !
3. Ils sont de retour !
4. Tu en as, mais en es-tu un ?
5. Apparition vraiment, mais vraiment effrayante
6. Quand le matin tu te lèves, encore à moitié endormi, franchement, tu as l'air d'en être un !

2
1
5
6
3
4

Réponses

pages 68 et 69

Compte les ●, les ▲ et les ■ que tu as obtenus.
– Si tu as plus de ●, tu es ce qu'on pourrait appeler un fantôme farceur. Tu as compris que ton invisibilité te permettait une liberté quasi totale, mais seulement la nuit, et tu en profites pour bien t'amuser. Espérons que tu ne ris pas trop aux dépens des autres !

– Si tu as plus de ▲, tu es un fantôme plutôt amical. Tu as décidé d'occuper le temps qui te reste, c'est à dire l'éternité, à faire un peu de bien autour de toi. Tu utilises tes pouvoirs un peu extraordinaires pour arranger les choses. C'est finalement plutôt agréable de te rencontrer, même dans un château hanté !

– Si tu as plus de ■, tu es un fantôme qu'il ne fait pas bon

rencontrer le soir, au détour d'un donjon. Tu fais plutôt mauvaise publicité à tes congénères en étant presque toujours malveillant. Peut-être préfères-tu la solitude ou la tranquillité de ton état de fantôme, et la présence du commun des mortels te dérange !

pages 74 et 75

Qui hante cette page?

A-1. B-4. C-5. D-8. E-10. F-12. G-13. H-15. I-18. J-20. K-22. L-24. M-25.

Tu vois apparaître un fantôme !

pages 76 et 77

Chassé-croisé de fantômes :

1. *Double* - **2.** *Ombre* - **3.** *Revenants* - **4.** *Esprit* - **5.** *Spectre* - **6.** *Zombis*

Le mot à retrouver est « ectoplasme »

Allan Ahlberg/Janet Ahlberg
Le cheval en pantalon
Ted Allan/Tony Ross
Histoire d'un souricureuil
H. C. Andersen/G. Lemoine
Le rossignol de l'empereur de Chine
Jean Giono/Jean-Louis Besson
Le petit garçon qui avait envie-d'espace
Geva Caban/Zina Modiano
Je t'écris, j'écris
B. Cendrars/J. Duhême
Petits contes nègres…
Roald Dahl/Quentin Blake
La girafe, le pélican et moi
Un conte peut en cacher un autre
Roald Dahl/Tony Ross
Fantastique Maître Renard
Michel Déon/E. Delessert
Thomas et l'infini
Marie Farré/Axel Scheffler
Mina mine de rien
Mina change de tête
La Fontaine/ R. et C. Sabatier
Fables
R. Friedman/Q. Blake
Aristide
Jean Giono/Willi Glasauer
L'homme qui plantait des arbres
Robert Graves/Maurice Sendak
Le grand livre vert
Claude Gutman/Pef
Danger gros mots
Colin et Jacqui Hawkins
Les sorcières
Les pirates
J. O. Héron/P. Dumas
Le voyage d'Alice
D. King-Smith/W. Geldart
Une marmite pleine d'or
D. King-Smith/D. Parkins
Longue vie aux dodos
R. Kipling/E. Delessert
Histoires comme ça
J. M. G. Le Clézio/H. Galeron
Voyage au pays des arbres
P. Lively/F. Place
Le vitrail
P. Mac Lachlan/Q. Blake
Sarah la pas belle
Margaret Mahy/Alice Dumas
La baignoire du géant
Margaret Mahy/Quentin Blake
L'enlèvement de la bibliothécaire
Massin/ J. Parazette
Un monde sens dessus dessous
Jill Murphy
Amandine Malabul (série)
C. Perrault/J. Claverie
Riquet à la houpe
C. Perrault/R. Innocenti
Cendrillon
B. Pitzorno/E. Bussolati
L'anneau magique de Lavinia
R. Piumini/A. Tonnac
Mathias et son grand-père
R. Piumini/H. Fellner
Le fou volant
Tony Ross
Un vrai conte de fées
A. Serres/V. Deiss
L'ogron
A. Serres/A. Tonnac
Histoires en chaussettes
M. Tournier/C. Bour
Pierrot ou les secrets de la nuit
M. Tournier/G. Lemoine
Barbedor
M. Yourcenar/G. Lemoine
Comment Wang-Fô fut sauvé
D. Ziliotto/R. Scouvart
Trollina et Perla